KB074372

옥상**달빛**극장

한국정형시 012
옥상달빛극장
ⓒ 우아지, 2017

1판 1쇄 인쇄 ㅣ 2017년 12월 20일
1판 1쇄 발행 ㅣ 2017년 12월 26일
지 은 이 ㅣ 우아지
펴 낸 이 ㅣ 이영희
펴 낸 곳 ㅣ 이미지북
출판등록 ㅣ 제324-2016-000030호(1999. 4. 10)
주   소 ㅣ 서울특별시 강동구 양재대로122가길 6, 202호
대표전화 ㅣ 02-483-7025, 팩시밀리 : 02-483-3213
e - m a i l ㅣ ibook99@naver.com

ISBN 978-89-89224-43-3 03810

* 본 도서는 2017년 부산문화재단 지역문화예술특성화지원사업 지원을 받았습니다.
     부산광역시   부산문화재단

이 도서의 국립중앙도서관 출판예정도서목록(CIP)은 서지정보유통지원시스템 홈페이지(http://
seoji.nl.go.kr)와 국가자료공동목록시스템(http://www.nl.go.kr/kolisnet)에서 이용하실 수 있습니다.
(CIP제어번호 : CIP2017035051))

옥상달빛극장

우아지 시조집

이미지북

기 쁨 에   둔 감 했 고
슬 픔 에   예 민 했 던
순 간 과 장 면 을 포 착 한 글 이 많 다 .
젊 은   날   처   럼   .

내   생 生 의   감 수 성 은
여 전 히 사 람 과 자 연 에 게 서 온 다 .

섬   세   한   시   선   이
심 어 준 마 음 을 여 기 에 남 긴 다 .

거   친   시   조   집   을
곱 게 만 들 어 준 여 러 분 께 감 사 드 린 다 .

2017년 12월

우 아 지

제2부 별똥별 환한 이름표

제3부| 별, 바다에 앉아 울 줄이야

제4부| 첫눈이 오시는 날

기억을 따라온 저녁

옥상달빛극장

수정산 산복도로 고개도 잠든 저녁
에코하우스 옥상으로 찾아온 명화극장
세상을 펼쳐 보는 일
지친 것들 껴안는다

가파른 만디버스 종아리 힘줄 세우고
숨이 꺽꺽 넘어갈 듯 전봇대 잘도 피해
골목길 변두리 계단
달도 기웃 올라온다

먼 그대 좋아했던 장국영의 해피 투게더
분홍빛 문장 안고 새끼손가락 걸었던
뒷모습
정면으로 보며
여름 모퉁이 보낸다

묘박지

파도는 가라 해도 때론 잠시 쉬고 싶다

지친 몸 발 쭉 뻗듯 닻을 풀어 내리는 밤

먼 데서 그대가 올까 뭍을 향해 깜박인다

시간의 바다 위를 섬으로 떠 있는 배

가진 짐 다 부리고 달빛 가득 실어 놓고

생이란 한낱 꿈인가 노숙에 든 저 이방인

그믐치

바람의
이마 위에
작은 그늘 드리워도

어디쯤
오고 있을
새로운 날 마중하듯

참았던
속내를 꺼내
실마리로 오는 비

안녕, 가로수길

햇빛도 뚫지 못한 대신동 벚꽃 터널
재건축 공사판에 떠밀려서 무너진다
텅 빈 길 혼자 남아서
지난 봄날 걷는다

설렘에 파문 그리며 어깨를 감싸준 곳
분첩 꺼내 바르던 그 마음도 시간 따라
꽃으로 떨어져 내린다
잊으라고 빗장 건다

넉넉한 쉼표였던 긴 의자 부러진다
흐르는 바람의 말 안개 몰아 길 지우고
기억을 따라온 저녁
필름에 물 스민다

FM 라디오

가만히 들어보면 시詩 아닌 것 없는 시간

감탄사 입에 물고 웃음도 날아오른

연둣빛
상큼한 음성
노래 속에 몸 싣는다

올빼미 시계 앞에 겸상한 책과 음악

내줄 건 글뿐이라 가난이 민망해도

밥 한 술
말아 먹으며
잠시 놓친 길 간다

1501호와 1502호 사이

벽과 벽을
돌고 도는
소음의 긴 그림자

공유한
뾰족한 촉수
꿈속까지 따라온다

아득히
낮게 깔리는
자정을 넘긴 적의敵意

결론

이제는
꿋꿋하고
독한 여자면 좋겠다

눈물로도 녹지 않는
시멘트길 걸어가도

두 주먹
불끈 쥐고서
함부로 풀지 않으리

퀼트하는 밤

바늘을
밑천 삼아
오색 시간 그린다

생각보다
더 깊은 밤
환한 빛을 깁고 있다

어둠을
뚫고 나가는
달처럼 환한 생명

마음의 문신

귓가에 닿지 않아 저 혼자 서러운 밤

먼 나라 그 곳에서 발이 붉은 어린 새야

그립다, 처음 그 말이 입 안에서 돈다

아지랑이 실핏줄로 찰랑이는 유정한 봄

눈 감으면 환한 옛길 내 안에서 나무 되어

아직도 시린 골목길 불을 켜는 백목련

굳게 걸린 자물쇠를 한참 동안 흔들다가

엄마 없어 돌아서는 열두 살 갈래머리

휑하니 기억만 남은 벽돌집을 끌고 간다

입춘 무렵

그 길이 있고 없고
걸어야 할 걸음이다

볕 좋은 언덕 아래
매화 순 눈을 뜨는

지구를
한 바퀴 돌아
한발 한발 오고 있는

명의를 만나다

딸랑딸랑, 방울 소리 문 열자 한약 냄새
구수한 둥굴레차 발치까지 편안하다
오래 전 외조부님 댁 사랑에서 나던 향내

―왜 이리 낫지 않고 통증 더 도지는지!
―마음을 너무 쓰고 애를 많이 쓰시네요.
눈물이 왈칵 쏟는다
진맥하는 따뜻한 손

보듬은 주먹처럼 진액이 된 위로의 말
고슬한 햇살이 문틈으로 들어오고
막혔던 응어리 한 줌
살며시 풀어진다

청사포, 비

물빛도 오래 되면
낡아서 서러운지

꾹 누른 속울음도
장대비에 들끓는다

낱낱이
풀어져 버린
마지막 직립 보행

마도로스 아내

태풍 지나 간 뒷날 수척한 바위 안고

별 아래 혼자 앉아 풀꽃 안고 울었다

환갑을 넘긴 뱃길은 마음만 성성하다

막히고 억눌린 소리 복받치는 절벽 앞에

잔기침에 시달리는 말_틀이 되지 못한 말_틀

후드득 비꽃 내린다

봄날이 가고 있다

보람끈

때로는
벼랑 앞에
침거에 든 저 느낌표

허기의 순간에도
길을 내고 길 버리는

오후는
멀리 갔어도
말이 없다, 저 묵도

마음약방 자판기

오백 원 동전 넣고
아픈 곳 꾹 눌렀다

꿈소멸증
사람멀미증
뒤척이는 새벽 강가

스물셋
덜 여문 이력
비와 함께 걷는다

별똥별 환한 이름표

첫눈 오는 고향

서둘러
떠나 버린
한 생의 처마 아래

멀리 가
잊고 있던
이름, 이름 오고 있다

큰 산이
두 발을 뻗은
발치 끝에 장례식장

세 번 피는 꽃

옥룡사 초행길은 동백이 눈부시다

지난 해를 돌아보고 겨우내 일어선 꽃

바닥에
떨어진 얼굴
시들어도 환하다

링거 줄에 시달리며 슬픔을 달던 시간

먼 데 가신 어머니가 저 꽃 보며 품던 봄이

귀가길
내게로 와서
지친 어깨 다독인다

참, 멀다

바람난 봄을 따라 좋은 데 가려는지

청설모 낯 씻는다, 꽃마을 벚꽃 아래

햐, 그래 오늘만 같아라 이만 총총 걷는다

산이 품은 절 한 채가 먼 안부 묻는 나절

젖어 있는 발길에도 미쁜 눈빛 지어 주면

뼈란 뼈 죄다 녹여서 슬픔 흠뻑 쏟아 낸다

불면으로 새운 밤 굴레를 걸어 나와

어깨에 둘러 멘 미답의 캄캄한 길

상형문 자간 밝히 듯 햇살 들고 걷는다

벚꽃 한 잔

취객이
드문드문
섞이는 저녁 무렵

꽃
꽃
벚꽃 벚꽃
봄 하나 늙어 가고

낯익은
필멸의 생生도
순하게 야윕니다

뜨거운 흉터

─우리는 본디 백마, 눈부신 백마였다

진흙탕 튕긴 물에 그 빛을 잃어 가도

푸르른 야생의 눈빛 속일 수 없는 족보다

입천장 뚫고 나와 슬픔을 씹는 저녁

해고 당한 초원에서 컵라면에 속 덥히는

통째로 흔들린 세상 가는 끈이 위태롭다

꼬리털 잘린 갈기 때 되면 휘날릴까

어둠의 목덜미를 물어뜯고 헤쳐 나갈

내 맘에 시詩를 넣어 준 가슴앓이 월남아재

청사포

살아 있는 수묵화
출렁이는 일필휘지

백만 년 고백해도
못다 한 파도 있어

밤 지샌
저 푸른 눈에
한 사람을 앓는다

산복도로

허섭스레기 다 치우고
공터에 꽃 심는다

가드레일 고치고
벽화까지 그려 놓은

별똥별
환한 이름표
어둔 방에 걸린다

눈 감옥에 갇히다

약천에 몸 담그니 나무에 설화가 피고

안온해진 등불 너머 여유까지 피어올라

몸의 혈 스스로 풀려 흰 달도 머무는 곳

대나무 대롱에서 몸 낮추는 물 소리

순백으로 벙글었다 투신하는 꽃잎들

저 생生의 환한 얼굴들 아득해서 눈 감는다

온전히 앉았다 가는 겨울 나비 한 마리

폭설이 밤새 내린 파묵칼레 노천 온천

두절된 사람과 사람 마음의 귀 세운다

행운목

살았는지
죽었는지
발끝 세운 시간 지나

햇살도 부드러운
환희의 푸른 횃불

숨 쉬는
그 순간이 다
행운으로 자란다

인형 뽑기

골목 시장 입구에 신장개업 축 현수막

만두를 팔던 집도 휴대폰 팔던 집도

인형을 손에 넣으면 대박집이 되는 걸까

저녁 쫄쫄 굶어도 매일 들러 뽑고 뽑는

희망을 건지려는 취준생 어깨 너머

하루가 지나는 자리 동아줄에 걸린 꿈

눈 내리다

잔기침 토해 내는 가슴팍은 우울해서

불면의 방 속에서 익명으로 걷고 있다

할 말은 다 지워지고 어둠까지 씻어 낸다

언 발을 끌고 가는 시간이 깊어지면

콧잔등 찌푸린 채 먼 길을 재어 본다

지치고 풀어진 마음 순백으로 물들인다

등대

뜻이 되고
말이 되는
파도를 빗질한다

바람을
접신하여
터질 듯 볼이 붉은

통통배
창백한 얼굴
놓쳐 버린 길 펼친다

해법은 없다

세상일에 만 번쯤 앓고 보면 알 수 있다

천리를 헤매다가 돌아온 바람의 발

보름쯤 놔두었더니 눈물인 채 웃는다

인적도 끊긴 문에 흙 묻은 발 들어온다

주위를 서성이다 한 생각 접고 보니

미구에 올 더딘 어법 어슴푸레 보인다

사계절

한 줄기 봄비에도 흔들리는 가슴 속에

별보다 고운 꽃을 피우려는 새싹처럼

꽃동산 비탈에 세운 푸른 정성 있습니다

문도 없이 열어 주는 여름 바다 가는 길

샛노란 해바라기가 방파제를 지켜 서면

찬란한 피와 땀으로 뛰는 열정 있습니다

햇살과 바람으로 익어 가는 가을 앞에

하늘 닮은 풍금 소리 투명하게 울려 오고

하루를 무릎걸음으로 걷는 겸허 있습니다

하늘이 내려와서 눈 소식 들리는 날

세월의 심연 속을 입김으로 녹이며

눈물로 꽃을 피우는 통성 기도 있습니다

이븐 바투타

도서관
배경으로
여행기를 펼쳐 본다

공감으로
머무르는
다시 못 볼 힘을 본다

묻혔던
내 꿈을 본다
먼 길 돌아와 다시 선

별, 바다에 앉아 울 줄이야

부산역

기차 떠난
역 광장에
떨어진 흰 손수건

이름 석 자
보내 놓고
마음만 뒤척인다

길과 길
햇빛을 걸친
오후 3시 뒷모습

계단을 오르며

생生도 가끔 물기 젖어 햇볕에 습기 턴다

청량한
별을 바라듯
사는 동안 시詩를 읽는

책갈피
넘기며 가는
가을 바람의 독서법

온천에서

시간은
반짝이는
은싸라기 설렘 같아

김 서린
창 닦아 내듯
간간이 들리는 말

찬바람
나비 소금처럼
콧등에 앉았다 간다

케나와 함께

쓰러져 뒹구는 고독 검은 스타킹 돌돌 만다

봄비 오는 이런 밤엔 안부가 궁금하다

저 멀리 갈 수가 없어서 트랙 따라 맴돈다

늙지도 죽지도 않고 울음 가득 키우는

바래지 않는 흑백 풍경 시간만 혼자 간다

그대의 뼈로 만들어 눈물 마를 날이 없다

꽃 지는 날

맥 없이
하늘 보는
슬픈 눈빛 저 노인

머리에
바람 얹고
봉두난발 벚꽃 이고

웅크린
먹물빛 어깨
떨어진 꽃 밟고 가네

이별 후

후포댁 늙어 가는 그물코를 손질한다

주인 잃은 수저 한 벌 살강 위에 얹어 두고

문 밖에 속울음 우는 삼월 파도 세워 둔 채

휘파람 길게 불며 뭍에 오른 후포댁

젖은 생애 볕에 널고 늦은 점심 한 술 뜨면

고단한 바지랭대에 넋두리가 걸린다

시간 앞에 접어야 할 멈춘 지 오래 된 말

저 혼자 버거워서 빈 바다도 꿍꿍 대면

은근히 새봄의 등을 밀며 따라오는 바람

그늘에 서서

푸르고 골이 깊은 구덕산 밑 꽃동네

안개 그늘 속에 서 있는 나무 보다가

두 눈에 눈물 달고 선 풀잎도 다시 본다

한 십 년 쳇바퀴 돌 듯 아파트에 살다가

별보다 고운 눈매 다 잊은 듯이 살다가

꽃과 잎 다 잊고 살다가 휘파람을 불어 본다

황태

줄줄이
매달려서
얼었다가 녹았다가

살찐 몸
바꾸리라
뜨거웠던 슬픈 혁명

실패한
주검을 위해
눈 펑펑 쏟아진다

곡옥曲玉과 마주치다

웅크린
태아처럼
전생의 뭇별처럼

체한 듯
창백하게
박물관에 누운 정표情表

고요에
가슴 젖는다
시린 기운에 맘 데인다

봄은 오고

완강한 발자국은 어렴풋이 떠나간다

이른 비 땅만 보고 골목까지 찾아오니

아파트 기세가 풀려 살그머니 창을 연다

무뚝뚝한 산책길도 삐쭉이 말을 트니

참았던 민들레 노란 수다 갈래 풀고

환하게 길가 모퉁이 집 향해 열린다

대신천川 발등에서 직박구리 세수할 때

뒤통수 쳐다보며 겹겹이 물은 가고

뒷짐 진 담장 너머로 벚나무 손 흔든다

돌 틈에 발이 잠긴 진달래 부르르 떤다

콧등에 주근깨가 능선을 채워 가도

포근한 초록을 덮은 산지붕은 봉긋하다

윤슬

눈 감은 채 누워 있는 수정동 산복도로

하늘문 열린 바다를 더듬는 시선이다

별들이 바다에 앉아 저토록 울 줄이야

빗자루

몇 날 며칠 떨어진
이파리가 수북하다

새벽 공기 목에 걸고
고요까지 끌어당겨

골목길
바투 읽으며
잡념을 쓸어 낸다

이월 바람

급하게 맘 전하는 바람이 못마땅해

새치미 눈을 깔고 어긋나게 길을 가도

궁금한 연분홍 시간 봉곳봉곳 뿜어 댄다

시들지 않는 세상 언젠간 올 것 같아

눈자위 붉은 자리 서성이는 바람 따라

기둥 뒤 그림자 끝에 흙먼지 일고 있다

무인도

바람에
업혀 와서
몸 낮춘 해초 더미

파도가
환호하는
따개비 잉태한 날

어린 것
푸른 닻 내려
무더기로 피었네

슬픔이란

내 안에
들어 앉은
지난 날이 무성하다

수인手印을
풀지 않고
숨 고르다 내지르는

끝 모를
잠복기를 거쳐
붉게붉게 일어선 꽃

터

풀에게 자리 내준
적막한 절집 마당

열반에 든 주춧돌
그림자도 쟁이고

떠돌이
바람 불어와
비질만 하고 있다

첫눈이 오시는 날

첼로 소리에 젖는다

퍼질러
울고 있는
취업 못한 비의 포스

수척한
이력서가
빗발 되어 내리는 밤

드넓은
염전 같은 세상
소금꽃이 녹는다

돌침대 곁에서

1.
어머니 남은 생과 함께 할 뇌졸중이

침대에 드러누워 햇볕을 만지작거린다

주름살 이마에 실린 여든 해가 골이 깊다

2.
칠삭둥이 핏줄 안고 지샌 날 얼마였을까

팔순의 어머니를 부축하다 돌아보니

깊은 잠 다시 못 깰까 조바심만 앞선다

3.

사진 속 어머니는 수줍게 웃고 있다

예복의 젊은 군인과 나란히 앉은 모습

넘기는 세월의 자리 참 곱기도 한 봄날

4.

숨소리 신음 소리 한데 엉켜 뒤척이고

꿈 속의 우울까지 벅찼는지 놓친 아침

찬찬히 금이 간 틈을 시간으로 깁고 있다

휴休

널어놓은 콩 걷다가
미끄러져 다 쏟았네

주워 담다 보았네
발 아래 작은 풀꽃

내 안의
거친 숨소리
덩달아 뱉어 내는

따개비밥

바다 위
큰 따개비
독도에 붙어 있는

세상에
따개비라니
그 이름도 정겨운

갓 지은
푸릇한 밥을
크게 한 술 먹는다

종점에 서다
― 고故 최화수 선생을 생각하며

돌들이 눈을 감고 가로수도 입을 다문

저물녘 가고 있는
달 뜨는 버스 종점

한 명씩
떠나는 공백
조명 자꾸 낮아진다

옆집도 빈 집인지 차가운 도시의 섬

서 있는 넌 누구며 마주 보는 난 누군가

은비늘
창백한 바다
파도 없이 파도가 친다

외등

담벼락
타고 올라
어서 오라 손 흔든다

가난에
대못 박힌
늙은 골목 차마 못 떠난

기다린
흐린 눈길 속
아버지 미소 같은

바다와 마주앉다

파도를 주워들면
또 열리는 세상이다

제가끔 드나드는
바다 말씀 쪽빛이다

수평선
저 푸른 실선
하나하나 꿈이다

튤립꽃

상처로
남아버린
느닷없는 입맞춤

뿌리까지
빠지라고
큰 고약 붙여 놔도

마음은
길 뜨지 못하고
박힌 채로 떠돈다

해무 짙다

바람이
해수를 만나
절창을 뽑아 내면

땅들도
저 바다도
종아리를 감춘다

밧줄에
친친 동여 맨
뱃고동 소리만 높다

저물녘

인적이
흩어지고
갈매기 길 나선 뒤

파도도
외로운지
말없이 돌아눕자

십일월
낮은 햇살이
모래톱에 길을 낸다

통도사 범종 소리

고요가 합장한 채 기도하듯 오갑니다

목이 긴 눈물길이 환하게 보입니다

비워도 깔리는 인연 안개처럼 번집니다

당본리堂本里 1번지

대청에
붙어 있는
'화락和樂' 가훈와 가족사진

빈 마당에
선 홍매화
사랑채 옆 고욤나무

등 돌린
그림자 찾아
허물어진 한쪽 담

폐타이어 화분

젊을 땐
무턱대고
앞으로만 나갔는데

고물상
흘러들어
시간에 몸 기댄 채

막혔던
벽을 허물고
새롭게 자라는 세상

첫눈

아무도
본 사람은
없는데 왔다 한다

첫눈이
오시는 날
만나자 한 우리 약속

젊은 날
한 페이지가
별이 되어 다가온다

기억의 시·공간에 머문
존재들에 대한 호명

이송희_시인 · 문학박사

기억의 시·공간에 머문 존재들에 대한 호명

이송희_시인 · 문학박사

1.

우아지 시인은 『꿈꾸는 유목민』, 『염낭거미』, 『손님별』, 『점바치 골목』(100인 선집) 등에 이은 이번 시집 『옥상달빛 극장』에서 파도와 바람이 다녀간 마음 한 구석을 들춘다. "뿌리까지/ 빠지라고/ 큰 고약 붙여 놔도"(「튤립꽃」) 여전히 마음은 그 길을 뜨지 못하고 "박힌 채로 떠"돌고 있다. 우시인이 『염낭거미』에서 펼쳐 왔던 세계가 서민들의 현실을 따뜻하게 응시하는 건강한 시각을 보여주었다면, 『손님별』에서는 비정규직 삶과 실직의 아픔에 공감하는 우리 시대의 삭막한 현실을 보듬어 왔다. 그녀의 세상에 대한 드넓은 관심이 이번 시집 『옥상달빛극장』에서는 그녀 안과 밖에 머물고 있는 존재들의, 파도에 쓸리고 바람에 떠밀리며 안개에 갇힌 삶들로 향한다. 그들은 시인의 안과 밖을 맴돌며 때로는 언 발로, 때로는 흙 묻은 발로 걸어온다.

그녀 시의 존재들은 이렇게 맨발로 걸어간다. 맨발로 걷는다는 것은 아무에게도 보살핌을 받지 못했다는 것을 의미한다. 그러기에 화자는 홀로 막히고 억눌린 길을 혼자 걸어갈 수밖에 없다. 맨발은 잃을 것 하나 없는 막히고 억눌린 밑바닥과 다르지 않다. "볕 아래 혼자 앉아 풀꽃 안고"(「마도로스의 아내」) 울면서 바다 한 가운데 '섬'으로 떠도는 화자는 출렁이는 파도 자락의 기억에 갇혀 여전히 슬프고 고통스럽다. 우 시인의 시 세계에서 큰 줄기는 '길'이다. 갈 곳을 기약할 수 없고 되돌아 갈 수도 없는 길이다. "허기의 순간에도/ 길을 내고 길 버리는"(「보람끈」), "멀리 갔어도/ 말이 없"는 저 묵도의 길이 여기에 있다. 그래서 언제나 길 위를 걷는다는 것은 자신을 되찾아 가는 여행과도 같다. 그리고 길 위의 여행의 끝에는 돌아가야 할 집이 있다.

우아지 시인의 이번 시집은 존재의 시·공간에 머무는 또 다른 존재들을 호명하며 근원적 슬픔과 통증의 서사를 이끌어가는 언어의 힘이 돋보인다. 이 시집을 둘러싸고 있는 슬픔, 고통, 아픔이라는 이미지 속에서도 감정을 절제하고 그 자리에 존재를 성찰하는 시간을 들어앉히는 탄탄함을 보게 한다. 그 동안 다녀간 길들이 아프게 뻗어 있고, 여전히 거기에 갇혀 휘청거리는 존재의 이면을 비유의 이미지와 푸른 감성으로 파고드는 그녀의 "여문 이력"을 다시 읽는다.

"오백 원 동전 넣고/ 아픈 곳 꾹 눌렀"더니 "스물셋/ 덜 여문 이력"(「마음약방 자판기」)이 비와 함께 걷는다는 상상력

이 이 시집을 끌고 가는 동력이 된다. 그녀가 펼쳐 놓은 서
정의 행간에서 머물러 본다.

　2.

　　파도는 가라 해도 때론 잠시 쉬고 싶다

　　지친 몸 발 쭉 뻗듯 닻을 풀어 내리는 밤

　　먼 데서 그대가 올까 뭍을 향해 깜박인다

　　시간의 바다 위를 섬으로 떠 있는 배

　　가진 짐 다 부리고 달빛 가득 실어 놓고

　　생이란 한낱 꿈인가 노숙에 든 저 이방인

　　　　　　　　　　　　　　　　　－「묘박지」 전문

　계속 가라고 등 떠미는 파도 위에서 배는 잠시 정박하고
싶다. 지친 몸 풀어 내리고 "먼 데서 그대가 올까 뭍을 향
해" 눈을 깜빡여 본다. 내가 여기 있으니 나를 찾아오라거
나 혹여 누군가 자신을 기다리고 있을까, 하는 생각에서
다. 화자는 "시간의 바다 위를 섬으로 떠 있는 배"같은 존
재다. 마음의 길을 뜨지 못하고 여전히 바다 한 가운데 섬

으로 떠 있다. 뱃길이 끊기면 오갈 수 없는 '섬'은 사방으로 고립된 공간이다. 화자는 여태 섬으로 떠돌며 정박하지 못하고 있다. 이 정박하지 못한 이방인의 걸음으로 화자는 끊임없이 해답 없는 길을 가는 것일까? "옆집도 빈 집인지 차가운 도시의 섬", "서 있는 넌 누구며 마주 보는 난 누군가"도 모르는 섬, 그 곳에서는 "파도 없이 파도가 친다".(「종점에 서다—고故 최화수 선생을 생각하며」)

이승과 저승이 존재한다면, '바다'는 바깥 세계, 즉 죽음 너머의 세계가 된다. 많은 망령들이 바다 깊은 곳에 잠들어 있다. 어찌 됐든 살아가야 하는 인생이라는 '파도' 위에 화자는 이방인처럼 떠돈다. 화자가 떠도는 시간의 바다에는 파도가 친다. 시간이 거스를 수 없고 돌이킬 수 없는 것이라면 파도는 한 번 주어진 삶, 다시 과거로 돌아갈 수 없는 현재진행형의 삶이다. 그러니까 생을 '잠시' 쉬었다가 가고 싶은 마음일 수 있다. 고단한 일상의 삶을 파도로 비유한 것이다. 파도 자체가 떠오르고 가라앉는 인생의 고단한 부침浮沈을 의미하기도 한다.

또한 이는 삶과 삶 사이의 고요한 죽음을 열망한 것일 수 있다. 즉 육신을 벗고 잠시 쉬었다가 다시 육신을 입고 태어나고 싶은 것일 수 있다는 말이다. 마더 테레사의 말처럼, 어차피 인간의 삶은 하룻밤 여인숙에서의 꿈과 같다. "가진 짐 다 부리고 달빛 가득 실어 놓고", "생이란 한낱 꿈"이라고 생각하는 화자. "노숙에 든 저 이방인"이 바로 화자이면서 우리가 아니겠는가.

귓가에 닿지 않아 저 혼자 서러운 밤

먼 나라 그 곳에서 발이 붉은 어린 새야

그립다, 처음 그 말이 입 안에서 돋는다

아지랑이 실핏줄로 찰랑이는 유정한 봄

눈 감으면 환한 옛길 내 안에서 나무 되어

아직도 시린 골목길 불을 켜는 백목련

굳게 걸린 자물쇠를 한참 동안 흔들다가

엄마 없어 돌아서는 열두 살 갈래머리

휑하니 기억만 남은 벽돌집을 끌고 간다

―「마음의 문신」 전문

　발이 붉은 이유는 맨발로 돌아다녔기 때문일까? 맨발이
란 것 자체가 아무도 자기를 지지해 주거나 받쳐 줄 수 없
는, 홀로 서야 하는 존재라는 의미를 지녔다. "먼 나라" 그곳

은 "먼 데서"(「묘박지」)처럼 그리운 이와의 심리적인 거리 감에서 비롯된 듯하다. 심리적으로 아무도 자신을 도와주 지 못하고 지원하지 못하고 이끌어 주지 못해 홀로 서야 하 는 참담한 마음을 표현한 것이다. "눈 감으면 환한 옛길"이 나무 되어 서 있고, 여전히 "시린 골목길"에는 백목련이 불 을 켠다. 화자는 그 길을 쉽게 돌아서지 못해 기억만 "남은 벽돌집"을 끌고 간다.

'집'은 화자의 안식처이고 벽돌집은 유년의 기억, 돌아가 신 어머니와의 추억이 깃들어 있는 장소이기도 하다. 지금 은 엄마가 안 계시지만 영원한 심리적인 안식처가 벽돌집 이다. 화자는 시간을 떠돌면서도 그 공간을 버릴 수가 없다. 휑하니 기억만 남아 있다고 표현한 것으로 보아 어머니와의 추억만 남아 있는 벽돌집을 항상 마음에 두고 살아 왔나 보 다. '혼자' 서러운 밤, 엄마는 가고 없고, 기억만 남은 벽돌집 은 재건축에 사라진 또 한 자락의 길을 부른다.

햇빛도 뚫지 못한 대신동 벚꽃 터널
재건축 공사판에 떠밀려서 무너진다
텅 빈 길 혼자 남아서
지난 봄날 걷는다

설렘에 파문 그리며 어깨를 감싸준 곳
분첩 꺼내 바르던 그 마음도 시간 따라
꽃으로 떨어져 내린다

잊으라고 빗장 건다

넉넉한 쉼표였던 긴 의자 부러진다
흐르는 바람의 말 안개 몰아 길 지우고
기억을 따라온 저녁
필름에 물 스민다

―「안녕, 가로수길」 전문

벚꽃 터널이 재건축으로 사라졌다. 공사판에 떠밀려서 무너진 벚꽃 길을 혼자 걸으면서 화자는 지난 봄날의 기억을 되살린다. "설렘에 파문 그리며 어깨를 감싸준 곳", "분첩 꺼내 바르던 마음", "넉넉한 쉼표" 등이 잊히고 떠내려가고 부러진다. 봄이 의미하는 것은 청춘과 희망과 들뜬 마음인데, 여기서는 스산한 기억들이 사라져 가고 있다. "흐르는 바람의 말 안개 몰아 길 지우고", "기억을 따라온 저녁" 필름에 물이 스민다. 물이 스몄다는 것은 이미 지나가 버린 길이 되어 버렸음을 의미한다.

그러나 재건축은 더 멋진 것을 들여 놓기 위해 하는 것이다. 성숙을 위해, 지금의 것을 버린다는 의미로 생각해 볼 수 있겠다. 더 큰 아름다움을 갖추기 위해 지금의 추억을 버린다. 과거의 추억을 버리고 미래의 희망을 품는다고도 생각해 볼 수 있다. 다시 세우는 것이므로, 재건축을 하려면 지난 추억을 재구성해야 한다. 지나온 삶은 그대로 고정되는 것이 아니라 지금의 삶과 끊임없이 대화하면서 다시 새로운 의미와 가치를 부여받는다.

　그럼에도 불구하고 "내 안에/ 들어 앉은/ 지난 날이 무성하다"(「슬픔이란」). "멀리 가/ 잊고 있던/ 이름"(「첫눈 오는 고향」)들, "별똥별/ 환한 이름표"들이 "어둔 방에 걸린다"(「산복도로」). 뜨거운 흉터의 기억도 예외는 아니다.

　　－우리는 본디 백마, 눈부신 백마였다

　　진흙탕 튕긴 물에 그 빛을 잃어 가도

　　푸르른 야생의 눈빛 속일 수 없는 족보다

　　입천장 뚫고 나와 슬픔을 씹는 저녁

　　해고 당한 초원에서 컵라면에 속 덥히는

　　통째로 흔들린 세상 가는 끈이 위태롭다

　　꼬리털 잘린 갈기 때 되면 휘날릴까

　　어둠의 목덜미를 물어뜯고 헤쳐 나갈

　　내 맘에 시詩를 넣어 준 가슴앓이 월남아재
　　　　　　　　　　　　　　　－「뜨거운 흉터」 전문

93

세상의 허물과 때를 알면서도 거기에 물들지 않고 타협하지 않는 순수한 존재가 백마로 묘사되었다. "진흙탕 튕긴 물에 그 빛을 잃어 가도/ 푸르른 야생의 눈빛 속일 수 없는 족보"다. 그런데 그 백마가 위태롭다. 백마는 순수해서 해고당하고 꼬리털이 잘린다. 백마가 달리던 초원은 전쟁터다. 월남전으로 끌려간 백마를 중의적으로 표현한 이 작품은 다쳐서 더 이상 전쟁을 치를 수가 없는 백마를 마치 비정규직처럼 끈이 위태롭다고 표현한 것으로 보인다. 몸이 다치면 삶의 전쟁터에서는 버려진 존재다. 해고 당했다는 것은 이제 사회적으로 아무것도 할 수가 없는 상황이 되었다는 의미가 된다. 인간에게 가장 큰 육체적 고통은 작열통灼熱痛이다. 마치 몸이 타 들어가는 것 같은 고통이 육체적으로 가장 큰 고통이라는 것이다. 삶의 뜨거운 흉터는 여전히 현재형인 고통의 기억으로 남아 있다. 화자는 뜨거운 흉터를 순백으로 물들이고자 한다.

3.

잔기침 토해 내는 가슴팍은 우울해서

불면의 방 속에서 익명으로 걷고 있다

할 말은 다 지워지고 어둠까지 씻어 낸다

언 발을 끌고 가는 시간이 깊어지면

콧잔등 찌푸린 채 먼 길을 재어 본다

지치고 풀어진 마음 순백으로 물들인다

—「눈 내리다」전문

우울憂鬱이란 말에서 '우憂' 자는 근심과 걱정을, '울鬱' 자는 숲의 넝쿨이나 잎사귀가 너무 무성하여 햇빛이 들어오지 않을 만큼 답답하고 막힌 상태를 말한다. '익명匿名'도 이름이 감춰진 상태이다. 이와 같은 이치로 눈이 내리면 사물과 사물 간 경계가 가려지면서 구분도 모호해진다. 화자는 여기서 "어둠까지 씻어 내"려고 한다. 눈에 덮인 것들은 잠시 가려지는 것뿐이지 영영 사라지는 것은 아니다. 반면 어둠은 현실이다. 일단 이름을 감추면 편견이나 선입견이 사라지므로 있는 그대로를 볼 수 있게 된다. 눈이 덮는 것은 편견과 선입견이 개입하는 것을 잊게 만드는 것이라 볼 수 있다. 그러나 이 역시 잠시 잠깐이다. 눈은 언젠가 녹게 마련이라는 점에서 보면, 화자는 다시 "언 발을 끌고", "지치고 풀어진 마음"을 끌고 먼 길을 가야 한다.

바람난 봄을 따라 좋은 데 가려는지

청설모 낯 씻는다, 꽃마을 벚꽃 아래

하, 그래 오늘만 같아라 이만 총총 걷는다

산이 품은 절 한 채가 먼 안부 묻는 나절

젖어 있는 발길에도 미쁜 눈빛 지어 주면

뼈란 뼈 죄다 녹여서 슬픔 흠뻑 쏟아 낸다

불면으로 새운 밤 굴레를 걸어 나와

어깨에 둘러 멘 미답의 캄캄한 길

상형문 자간 밝히 듯 햇살 들고 걷는다

—「참, 멀다」 전문

　내가 찬란하게 빛나는 빛이라면 언제 어디에서라도 나는
빛만을 보고 빛만을 체험할 뿐이다. 이미 빛이 존재하면 어
둠은 물러갈 수밖에 없기 때문이다. 가슴 깊숙한 곳에 희망
의 빛을 가지고 앞으로 걸어가고 있는 듯한 느낌이다. 미답
의 길을 가는 것 자체가 삶이 아니던가? 캄캄한 미답의 길
을 비춰 주는 빛이 무엇인가? 길을 간다는 것 자체가 새로
움을 만나거나 결국은 돌고 돌아서 자기 집으로 돌아가기
위한 여행이다. 화자는 그 길들이 참 멀다고 말한다. "생이
란 한낱 꿈"이라고 보았던 「묘박지」에서처럼 인생이라는
꿈길을 걸어 자기 집으로 돌아오는 것이다. 돌아갈 집이 햇
살로 표현된 것이 아닐까? 그러나 화자는 안다. 삶의 길에

는 해법이 없다는 것을.

　　푸르고 골이 깊은 구덕산 밑 꽃동네

　　안개 그늘 속에 서 있는 나무 보다가

　　두 눈에 눈물 달고 선 풀잎도 다시 본다

　　한 십 년 쳇바퀴 돌 듯 아파트에 살다가

　　별보다 고운 눈매 다 잊은 듯이 살다가

　　꽃과 잎 다 잊고 살다가 휘파람을 불어 본다
　　　　　　　　　　　　　　　　─「그늘에 서서」전문

　누군가를 찾거나 부를 때 혹은 쓸쓸함이 밀려올 때 휘파
람을 분다. 화자가 다 잊고 살았던 꽃과 잎은 아름다움, 청
춘, 생의 가장 빛나는 순간이다. 그런데 한 십 년 아파트에
살다 보니 그런 시절 다 잊고 살았다. 그늘진 삶을 살아왔
다. 꽃과 잎이 좋아하는 것은 햇빛인데, 그늘에 서 있다는
것은 고단하고 근심 많은 삶을 살았다는 의미다. 즐거움 없
이 자신을 잊고 살아온 화자는 나무다. 자신을 가두고 살아
왔던 아파트가 화분이라면, 화분 속 분재처럼 살았던 '나무'

는 화자가 되는 것이다. 안개 그늘에 쌓여 길을 잃고 같은 자리에서 한 십 년 쳇바퀴 돌 듯 살아온 화자는 이제 휘파람을 불면서 꽃과 잎을 다시 피우고 싶다. 꽃과 잎을 다 잃어 버린 고목 같은 존재의 화자가 여기 있다.

생生도 가끔 물기 젖어 햇볕에 습기 턴다

청량한
별을 바라듯
사는 동안 시詩를 읽는

책갈피
넘기며 가는
가을 바람의 독서법

―「계단을 오르며」 전문

삶에 물기가 있다는 것은 삶이 무겁고 눅눅하고 힘겹다는 의미다. 그래서 생은 가끔 햇볕에 습기를 턴다. 계단을 타고 오르면 햇볕과 가까워질 수 있다고 화자는 생각한다. 자기가 궁극적으로 돌아가야 할 집이 거기에 있다고 믿기 때문이다. 가을 바람이 불면 헤어지는 시기가 더 가까워 온다. 계단을 오르는 것은 지상과 멀어지는 것인 반면에 하늘과는 가까워진다. 이 말은 때가 되면 우리가 왔던 곳으로 돌아간다는 이치와 같다. 계단을 타고 오르는 것은 성장과 발전의

의미도 있지만, 여기에서는 자기 자신을 넘어서는 행위가
될 것이다.

후포댁 늙어 가는 그물코를 손질한다

주인 잃은 수저 한 벌 살강 위에 얹어 두고

문 밖에 속울음 우는 삼월 파도 세워 둔 채

휘파람 길게 불며 뭍에 오른 후포댁

젖은 생애 볕에 널고 늦은 점심 한 술 뜨면

고단한 바지랭대에 넋두리가 걸린다

시간 앞에 접어야 할 멈춘 지 오래 된 말

저 혼자 버거워서 빈 바다도 끙끙 대면

은근히 새봄의 등을 밀며 따라오는 바람

—「이별 후」 전문

봄맞이를 앞두고 있는 바닷가가 배경이다. 이 작품 속의
이별은 절기상 가을이나 겨울 느낌이 난다. 가을과 겨울이

지나면 새로운 만남의 계절인 봄이 시작된다. "주인 잃은 수
저 한 벌"로 보아 화자는 남편을 바다에서 잃은 듯하다. 그
래서 "휘파람 길게 불며 뭍에 오른 후포댁"은 혼자서 생을
꾸려가야 한다. "고단한 바지랭대에 넋두리가 걸"리고 "저
혼자 버거워서" 끙끙 대던 빈 바다가 되는 후포댁은 이미
"시간 앞에 접어야 할 멈춘 지 오래 된 말"을 넋두리로 푼다.
고단한 그녀 앞에 "은근히 새봄의 등을 밀며" 따라오는 바람
이 머문다. "물빛도 오래 되면/ 낡아서 서러운지// 꾹 누른
속울음도/ 장대비에 들끓"(「청사포, 비」)어, "낱낱이/ 풀어
져" 내린다.

4.

세상일에 만 번쯤 앓고 보면 알 수 있다

천리를 헤매다가 돌아온 바람의 발

보름쯤 놔두었더니 눈물인 채 웃는다

인적도 끊긴 문에 흙 묻은 발 들어온다

주위를 서성이다 한 생각 접고 보니

미구에 올 더딘 어법 어슴푸레 보인다

—「해법은 없다」 전문

크게 깨달은 사람들은 삶 자체가 거대한 코미디라는 것을 안다. "미구에 올 더딘 이별 어슴푸레 보"인다는 구절에서 알 수 있는 것은, 굳이 설명하지 않아도 직접 경험해 보면 생명의 묵직한 질감을 알 수 있다는 것이다. 만 번쯤 겪어 내고 헤매다 보면 알게 된다는 것, 말로 형언할 수 없지만 알게 된다는 것, 느낄 수 있다는 것이다. "보름쯤"이라는 것은 때가 되면 자기가 살아온 것들이 어떤 의미로, 그 일이 내게 일어날 수밖에 없었다는 것을 깨닫고, 수긍할 수밖에 없는 것을 깨닫게 되는 시간이다. 그 무엇도 의미나 가치 없이 일어나진 않는다. 다 필요하므로 겪어야 하니 일어난다는 것을, 살다 보면 자연스럽게 알게 된다. 그러니 이를 깨달았을 때 그저 웃을 수 있는 것이리라.

그러나 그 순간을 경험할 때는 뼈저리게 아프고 슬프다. 인생의 큰 맥락을 보면서 인생을 살아야 하는데 지금 이 순간에 너무 집착하고 있으니 해법이 없을 수밖에 없다. 지나고 나면 그 것은 그런 필연성을 갖고 있었다고 깨닫게 된다. "천리를 헤매다가 돌아온 바람의 발"은 늘 붉은 맨발이다. "흙 묻은 발"은 어디서 씻지도 못하고 인적이 끊긴 문 앞에 서 있다. "한 생각 접고" 비로소 만난 화자는 "미구에 올 더딘 어법"을 어슴푸레 구사한다. 그래서 쉴 수 있는 것일까?

널어놓은 콩 걷다가
미끄러져 다 쏟았네

주워 담다 보았네
발 아래 작은 풀꽃

내 안의
거친 숨소리
덩달아 뱉어 내는

—「휴休」 전문

숨소리를 뱉어 낸다는 것 자체가 휴식이다. '휴休'는 글자 그대로 나무 곁에서 사람이 쉬고 있는 모습을 본 뜬 것이다. 화자는 '숨'도 내려놓고 콩도 내려놓는다. 내려놓으니까 바람의 작은 풀꽃을 보게 되었다. 널어놓은 콩을 걷다가 쏟아 버린 것을, 내려놓은 것으로 해석해 볼 수 있다. 콩들을 주워 담다가 발 아래 존재를 보게 되는 우연한 설정이야말로 소소한 것에 휴식이 있다는 일상의 의미를 발견하게 한다. 이것은 "묻혔던/ 내 꿈을" 보는 일이면서, "먼 길 돌아와 다시 선"(「이븐 바투타」) 순간을 경험하는 일이다.

"어디쯤/ 오고 있을/ 새로운 날 마중하듯", 화자는 "참았던/ 속내를 꺼내/ 실마리로 오는"(「그믐치」) 빗소리를 듣는다. 화자에겐 "그 길이 있고 없고"가 중요한 게 아니었다. 다만, 그것이 "걸어야 할 걸음이"(「입춘 무렵」)라는 것을 알기에 갈 수 있었던 것이다. 마지막으로 화자는 어두운 고개를 넘고 가파른 계단을 올라 옥상에 이른다.

수정산 산복도로 고개도 잠든 저녁
에코하우스 옥상으로 찾아온 명화극장
세상을 펼쳐 보는 일
지친 것들 껴안는다

가파른 만디버스 종아리 힘줄 세우고
숨이 꺽꺽 넘어갈듯 전봇대 잘도 피해
골목길 변두리 계단
달도 기웃 올라온다

먼 그대 좋아했던 장국영의 해피 투게더
분홍빛 문장 안고 새끼손가락 걸었던
뒷모습
정면으로 보며
여름 모퉁이 보낸다

―「옥상달빛극장」 전문

   산복도로는 원래 산의 중턱을 지나는 도로를 뜻한다. 그
런데 6·25전쟁이라는 아픔의 역사 속에서 부산의 동구와
중구 그리고 서구의 지역적 특징인 나지막한 산을 중심으로
조성된 도로를 산복도로라고 부르게 되었다. 이 산복도로
를 지나 숨이 꺽꺽 넘어가는 골목길 변두리 계단까지 만디
버스를 타고 오른다. '만디'는 '산의 정상, 그 곳에서 제일 높
은 곳'을 뜻하는 부산사투리다. 화자는 "달도 기웃 올라"오는

골목길 변두리 계단에서 함께 행복 하자던(해피투게더) 분홍빛 문장을 읽는다. "뜨거운 흉터"가 있는 "여름 모퉁이"를 이제야 돌아 나오며, "세상을 펼쳐 보는 일/ 지친 것들 껴안는"명화의 세계를 만난다. 한 편의 명화극장 속으로 한 존재의 맨발과 뜨거운 흉터가 함께 녹아든다. 해가 진 저녁, 옥상 위에서는 거친 맨발과 뜨거운 흉터로 얼룩진 지난한 삶이 달빛의 위로를 받고 있다.

우아지 시인은 어둠을 끌고 온 존재에게 "이제는/ 꿋꿋하고/ 독한 여자면 좋겠다"는 다짐을 받는다. "눈물로도 녹지 않는/ 시멘트길 걸어가도/ 두 주먹/ 불끈 쥐고서/ 함부로 풀지 않으리"(「결론」)란 다짐과 함께. 그리고 "세상을 펼쳐 보는 일"은 "지친 것들 껴안는"(「옥상달빛극장」) 것이라는 성찰의 길에 이른다. 이것이 바로 우아지 시인의 시가 애상적 서정에 매몰되지 않고 스스로의 부력으로 떠 있는 이유다. 존재 안에 들어앉은 또 다른 존재를 객관적으로 바라보는 힘이 그녀의 시 속에 내재해 있다. 그녀 시를 관통하는 서정성의 발현은 자기 존재를 의식하는 존재의 새로운 발견에 있다. 폐타이어 화분 속의 존재가 비로소 길 밖에 길을 내듯이 말이다.